KB133553

길 위의 사람들

길 위의 사람들

초판 1쇄 인쇄일 2024년 06월 26일
초판 1쇄 발행일 2024년 07월 05일

지은이 고승주
펴낸이 양옥매
디자인 표지혜
마케팅 송용호
교　　정 조준경

펴낸곳 도서출판 책과나무
출판등록 제2012-000376
주소 서울특별시 마포구 방울내로 79 이노빌딩 302호
대표전화 02.372.1537　**팩스** 02.372.1538
이메일 booknamu2007@naver.com
홈페이지 www.booknamu.com
ISBN 979-11-6752-485-0　(03810)

길 위의 사람들

고승주 시집

책과나무

서언

어리석은 갈망이 나를 이끌었다

사막을 건너는 수도자의

고독한 영혼

나의 미망은 언제쯤 끝날 것인가

목차

1부 | 기타 치는 노인

2부 | 칸트를 읽다

5부 | 시간의 무게

1부

•

기타 치는 노인

목련이 흰 우윳빛을 토해 내는 봄날

봄날처럼 스쳐 간 젊은 날의 팝송일까

섬

사람들의
사랑이 식어 가고 있다

사람들의 말에서
진실이 사라지고 있다

이제 사람들의 말은
신이 살지 않는 신전처럼 공허하다

그들은
스스로 섬이 되었다

기타 치는 노인

사당동 7-ELEVEN 편의점 앞에
초로의 신사가 기타를 친다

코로나-19 마스크를 쓴 채
장단에 맞춰 발을 구르며 고개를 끄덕이며

목련이 흰 우윳빛을 토해 내는 봄날
봄날처럼 스쳐 간 젊은 날의 팝송일까

코로나가 몰고 온 우울한 그림자를 지우려는 듯
팝송을 흥얼거리며
연신 고개를 끄덕이며
가볍게 어깨를 흔들어 보이기도 한다

지금은 목련이 꽃등을 매달기 시작하는 계절

아득히 사라져 간 추억을 불러일으키며

초로의 신사가

꺼져 가는 젊은 날의 불꽃을

애써 되살리려 하고 있다

망초꽃 피어날 때

누가 기다리지 않은데도
꽃은 피어나데
보는 이 없는데 순백의 빛 쏟아 놓데

어두운 그늘 떨쳐 버리고
바람에 흔들리며 환하게 피어나데

보고 싶다 말하지 않았는데
꽃잎마다 서러운 눈물 묻어나데

망초꽃 피어날 때면
무명 적삼 입은 어머니 얼굴
꽃 속에서 서럽게 서럽게 떠오르데

당신은 선물입니다

당신이 세상에 존재한다는 사실

그 하나만으로도

이미 당신은 기적입니다

당신은 세상의 모든

어휘로 다 드러낼 수 없는

신비와 경이로움으로 가득합니다

우주의 온 힘이 동원되어

빚어낸 하나의 생명

당신이 존재한다는 사실 하나만으로도

당신은 선물입니다

당신은 나에게

나는 당신에게

우리는 모두 누군가에게

하나의 선물입니다

수학자의 꿈

그는 딱딱한 사물에서
무엇을 읽었던가

정신의 어느 깊이에 이르러
수의 상징을 찾아내고

사물의 정수 어느 곳에서
기하의 형상을 보았던가

그는 무미건조한 수에서
수의 진리를 발견하고
물상들의 배후에서 끌어낸 추상
수의 상징에서
세상 너머의 세상을 보았다

신은 수 속에 살아서

수에는 거짓이 없다
하나의 수는 하나의 개체를 표시하고
수가 드러나는 법칙은
모든 존재에게 공평하다

수는 진실하다
숫자로 말하는 곳에는
인위적 가감이나 거짓이 없다

하나의 수에는 하나의 의미와
하나의 진실이 드러날 뿐
허위와 부정, 음모와 사술
사람들의 사소한 마음이 개입할 수 없다

수에는 진실한 수의 정신이 산다

우주를 창조한 신도 수의 언어로 말하고

수의 진리에서 우주가 탄생했다

수의 신에게서 태어난 존재들

우리는 수의 진실 속에서만

잃어버린 신을 찾을 수 있을 것이다

길 위의 사람들

길이 나를 이끌었다

나그네의 삶은 길 위에서 시작되고

길 위에서 끝이 난다

길은 연이어 또 다른 길로 이어지고

내가 걸어온 길이 나를 만들었다

길 위에서 나는 무엇을 찾았던가

길의 끝에서 우리는 알게 되리라

신이 우리와 함께

그 길을 걸어왔다는 사실을

한 권의 책

사람의 일생은 길 위에 있고
사람은 길을 가며 글을 남긴다

일생은 신에게 받은 순백의 종이에
몸으로 써 내려가는 글

삶은 굽이굽이 이어져 이야기가 되고
고뇌와 시련이 끊이지 않는
어느 대목에 이르러서는
마른 갈대의 울음처럼 목이 메었을 것이다

인생은 완성되지 못한 한 권의 책
책을 완성하여 덮기 전
당신은 남은 여백에 무슨 사연을 기록하려는가

마침표 없이 이어져 온 일생

저물어 가는 하루의 끝에서

당신은 어떤 쓰라린 고백을 남기려 하는가

시간은 시계 속에 없다

그의 일과는 공간을 분절하는 일이다
공간에서 시간을 이끌어 내는 시계

닫힌 공간 속에 팔을 뻗어
공간을 나누려 들지만
결코 나누어지지 않는 공간

시계는 끝나지 않는 무료함 속에서
끝없이 밀려오는 권태를
힘겹게 밀어낸다

시간은 시계 속에 없다
오늘도 단조로운 놀이에 빠진
시계의 배후에 숨어
실체를 드러내지 않는 시간

시계의 공허한 몸짓에서

사람들은 시간을 읽지만

끝내 시간의 얼굴은 보지 못한다

시작법

투박한 돌에 정으로 찍어 낸 흔적은 없는지
거친 곳은 다듬고
어느 서운한 구석은 없는지 어루만지고
감정의 과잉은 모두 덜어 내야 한다

정을 잡은 손에 너무 힘이 들어가
흠결이 남아 있지나 않은지
흘러넘치지도 부족하지도 않게

마침내 정을 내려놓으면
미소를 지으며 걸어 나오는 한 여인

한 편의 시와 나뭇잎

어둠이 모든 사물을
밤의 왕국으로 데려가는 시간

책장에서 시집을 꺼내 시를 읽는다
시의 문맥을 따라가면
낯설게 다가오는 언어의 파편들

시집 갈피에 든 나뭇잎 한 장
길바닥에 이리저리 불리었을 나뭇잎에
어느 시인이 다 써 놓지 못한
금빛 언어가 들어 있다

나뭇잎은 초록이 붉게 물들기까지
지나간 계절을 차곡차곡 새겨 놓았다

설계도처럼 치밀한 잎맥에

시인이 쓴 시보다 더 눈부신 시

나무가 써 놓은 한 편의 시가 있다

시는 어디에서 오는가?

시란 무엇인가?

시에서 불멸의 정신을 찾던

내가 부끄럽구나

보이지 않던 것들

나이가 들어서일까
보이지 않던 것들이 보이기 시작했다

언제부턴가 세상의 모든 것들이
아름답게 보이기 시작했다

예전에 미워했던 사람에게서도
보이지 않던 아름다움이 보였다

나이가 들어 흐려진 눈 때문일까
늘 봐 왔던 것들이 새롭게 보이고
보이지 않던 것들이 보이기 시작했다

아침 출근길에 새들은
어제보다 더 아름다운 노래를 들려주고

풀꽃은 수줍은 미소와 향기를
값없이 내게 선물했다

아마도 그동안 내가 수없이 들었던
무량한 강물 소리와
때때로 머리 들어 바라본
경계 없는 하늘 때문인지 모른다

강물은 내 곁을 지나며
버려야 할 것들을 말해 주고
하늘은 좁은 방에서 벗어나는 길을
수없이 내게 일러 주었을 것이다

내 안에 떠오르는 달

달은 제 얼굴을 모른다
호수가 달을 비춰 주기 전까지는

누군가 달을 바라보기 전에는
달은 세상에 없다

존재는 대상이 있어 나타나고
이름은 상대에 의해 불리어진다

호수가 달을 비춰 주지 않는다면
사람들이 달을 바라보지 않는다면
달은 세상에 없다

내가 바라볼 때 비로소
내 안에 떠오르는 달

나는 너로 인해 온전해지고

너는 나로 인해 온전해진다

산국

산모퉁이에 피어나는
산국을 보았습니다

사랑하는 사람의 이름을 부를 때
한 사람이 내게로 오듯

산국을 바라볼 때
산국은 내게 엷은 미소를 지었습니다

산국을 꺾어 가슴에 안겨 줄
사람이 있으면 좋겠습니다

한 무더기 산국을 안고
너무 화려하지도
너무 쓸쓸하지도 않는

산국 같은 미소를 짓는

그런 사람이 있으면 좋겠습니다

2부

•

칸트를 읽다

일생 동안 숙고해 온 관념을 떠나

지나온 생을 회상하는 긴 상념에 잠겼다

빈 배에 내리는 달빛

밤바다가
내 귀에 들어와 철썩일 때

먼 길 달려온 달빛은
빈 배에 가득 쌓였다

말없는 것들이 다가와
가만히 손을 내미는 시간

세상에 나와 무관한 것은
하나도 없다

칸트를 읽다(2)

지난여름 집중 호우에 양재천이 범람했을 때
양재천변 벤치에 앉아 독서하던
칸트가 실종되고 말았다

사람들은 하중도에서 떠내려간 동상을 찾아내
새로 빚은 조형물을 언덕에 올려놓았다

언덕에 오른 칸트는
지난해 물속에서 나뒹굴던
치욕적인 시간을 기억하고 있을까

무릎 위에 놓인 책은 분실되었는지
다리를 꼰 채로 앉아서
무심히 양재천을 내려다보고 있다

일생 동안 숙고해 온 관념을 떠나

초연한 눈빛으로 허공을 바라보는 칸트

이제 그는 책이 없이도

지나온 생을 회상하는 긴 상념에 잠겼다

자분자분 흐르는 냇물이

그가 사유하는 시공간을 지나며

그의 온 정신을 적시고 있다

즉석복권

공원 산책을 하다 풀섶에 떨어진 복권을 주웠다 황금빛 종이에 ₩500,000,000의 글씨가 선명히 찍힌 즉석복권 숫자 아래에는 빠른 승부를 노리는 사람들의 마음을 읽어 낸 듯 'QUICK WIN'이라는 영문 글씨가 있고 한쪽 귀퉁이에는 작은 글씨로 복권 금액 1,000원이 새겨져 있다

누굴까? 복권을 버린 사람은 직장에서 해고된 실직자일까? 아니면 적은 품삯으로 하루를 연명하는 노동자일까? 복권에는 동전으로 긁어낸 듯한 흔적 틈새로 행운의 숫자에 어긋난 318이라는 숫자가 드러나 있다 쓰라린 생활의 굴레를 벗어나려는 간절함으로 복권을 긁는 순간 그는 짧은 희열을 맛보았을 것이다

복권 뒷면에는 친절하게도 1등에 당첨될 확률 500만 분의 1이라는 설명이 덧붙여 있다 5,000,000

의 숫자와 1의 숫자 사이에 걸린 희망의 사다리를

놓친 노동자의 상심한 표정이 황금빛 종이에 잠시

어른거리다 사라진다

봄비

봄비가 하염없이 내렸다

듣는 이 없는데도
혼자 중얼거리는 노인처럼
가슴에 묻어 둔 사연을 풀어놓는 봄비

소살거리며
소살거리며
풀과 나무와 대지를 적신다

중얼거리는 노인의 말에 대답하듯
푸릇푸릇 연둣빛으로 깨어나는 벌판

풀꽃

들에 피어나는 풀꽃을 보면
허리를 굽혀 향기를 맡아 볼 일이다

풀꽃 속에는 얼마나 많은
비밀이 숨겨져 있을까

작은 풀꽃들이 펼치는 향연
비밀의 방으로 들어가면

씨방 속에는 지워지지 않는
적요한 시간의 기억들

비밀의 방에는 풀꽃이 들려주는
수많은 이야기가 있다

무의 상징

유의 상징

수의 시작

수의 끝

존재를 드러낸 후

존재를 지워 버리는

모든 의미를 비워 낸 후

마침내 이르는 공허

소리 그리고 우주

어린 소년 시절

세상이 모두 잠든 깊은 밤

소리에 이끌려 우주의 심연으로 들어갔다

우주의 깊은 곳에서

소리의 두려움과 마주했다

나는 우주음 깊이 빨려 들어가

세상에서 가장 외로운 한 사람이 되었다

한없는 소리의 웅장함

한없는 소리의 두려움

한없는 소리의 쓸쓸함

누가 인생의 외로움을 말해 주기 전

나는 절대 고독의 뿌리를 만졌다

시간의 얼굴

시간은 공평한 저울

시간은 누구에게나 공정하고 정의롭다

소리 없이 다가와 모든 것을 변화시키고

소리 없이 사라지는 시간

시간의 발걸음은 한 치의 흐트러짐도 없다

시간은 때로 냉정하고

시간은 때로 다정하다

오늘 속에 마주하는 낯선 시간

미래가 현재가 되고

현재가 과거로 되돌아가는 영원한 순환

오늘에 충실한 자만이

시간의 진실을 맞이할 것이다

오늘을 붙들지 않는다면

삶은 우연처럼 사라지고 말 것이다

햇빛 세례

아득한 길 달려와 쏟아 놓는 햇살
나는 날마다 햇빛 세례를 받는다

저 멀리 시베리아 벌판을 지나온
바람이 건네는 위로의 말

아침에 피어나는 들꽃이 보내는 미소
새들이 아침 길에 떨어뜨린 노래는
사람들이 건네는 말보다 다정하다

가슴에 묻어 둔 슬픔을
자분자분 풀어놓는 강물
나의 묵은 서러움도 물비늘 어디쯤
새겨져 있을 것이다

사람들의 문법을 떠난 자연의 글에는

인간들의 언어로 옮겨지기 전

붉은 꽃보다 더 붉은

원초적 의미가 들어 있다

오늘도 값없이 받는 자연의 세례

이제 나에겐 죄의 흔적이 사라지고

어두운 얼룩 한 점 남아 있지 않다

권태

강물 위에 드리운 나무 그림자
심술궂게 그림자를 뭉개는 바람

바람도 때로는
달려가던 길에서 벗어나

누구라도 붙들고
말을 건네고 싶었을 것이다

길 없는 하늘을 날아가는 새(1)

하늘을 나는 새는 길이 없다

모든 허공이 그의 길이다

길은 이미 그들 안에 있다

새는 제 몸으로 낸 길을 가고

허공은 뒤에서 그 길을 지운다

길 없는 하늘을 날아가는 새(2)

새의 꿈은 지상에 있지 않다

허공에 몸을 던지는 새는
지나온 길을 돌아보지 않는다

절망을 품지 않는 새는
몸을 지상에 내려놓을 때까지
두 날개에 꿈의 무게를 싣는다

불안한 어둠의 장막이 걷히고
아침이 깨어나면 새는
새로운 하늘 길을 내기 위해
허공에 몸을 던진다

길 없는 하늘을 날아가는 새(3)

사람들은 산허리를 잘라 길을 만들지만

지상에 꿈을 두지 않는 새들은

제 몸으로 길을 낸다

허공에 길을 내며 날아가는 새

유위와 무위의 경계를 넘나드는 자유

새들은 흔적을 남기지 않는다

하늘처럼 투명한 새들의 꿈

그들은 슬픔을 품지 않는다

아침 하늘을 날아오르는 새들의 노래에는

어두운 그림자 하나 묻어 있지 않다

나는 문제다

철 지나 피어나는 꽃처럼
뒤늦게 찾아온 깨달음

나는 문제다
나는 아직 풀지 못한 문제를 붙들고 있다

나는 이미 전생에도 존재했으므로
문제는 과거에 뿌리를 두고 있다

신은 세상 가운데 나를 보냈으나
풀리지 않는 수학 문제처럼
내겐 문제가 쌓였다

인생은 문제를 풀어 가는 과정
문제의 답을 얻기 위해서는

자신에게 진실해야 한다

내가 문제라는 사실을 깨닫는 데

한생이 걸렸다

별수국

별은 하늘에만 있지 않다
사람들 사는 지상에서도 별이 태어난다

오리온자리 성운에서
아기별이 태어나듯

한 그루 꽃나무
무리 지어 맺힌 자잘한 꽃봉오리에서
아기별들이 아슴아슴 눈을 뜨고 있다

누구일까
한 그루 꽃나무에서
은하의 별이 돋아나게 한 이는

누구일까

맨 처음 그 이름을

별수국이라고 불러 준 이는

3부

•

도시의 낙타

바람이 쌓아 올린 모래언덕 너머로

사람들을 유혹하는 신기루가 피어오른다

매화

미치도록 갈망하는 그리움 아니면
혹한 속에 어찌 저런 꽃눈 내밀겠느냐

누가 딱딱하게 굳은 몸에서
푸른 봄소식 꺼내겠느냐

죽음보다 더 강한 사랑 아니면
누가 저렇듯 진한 향기를
지상에 풀어놓겠느냐

아직 검은 그림자 일렁이는 벌판에
은은하게 퍼지는 향기로운 말

우리

나와 너

너와 나

둘이 만나 하나가 된 우리

우리라는 단어에는

둘이서 하나를 이룬 비밀이 있다

하나님은 우리의 조화로 사람을 빚었으니*

하나의 생명에는 우리의 사랑이 있다

너와 나

나와 너

둘이 만나 하나가 된 우리

우리의 조화로 사랑은 이루어진다

진실한 사랑으로 빚어지는 생명

사랑은 생명을 낳는다

사랑은 서로 하나 되기 위한 몸짓

그리하여 사랑은 삶이 된다

하나가 된 우리

우리가 된 하나

우리는 온전한 하나의 사랑이다

* 창세기 1장 26절

마음을 비추는 거울(1)

너는 나의 거울이다
일정한 거리의 대척점에 선 너는
나의 모든 것을 반사한다

세상의 가장 먼 길을 돌아와
내 앞에 서 있는 아내
아내의 거울에 반사된 나는
변명할 수 없는 벌거벗은 존재

우연히 바라본 강물에도
나를 비추는 거울이 있다

냇가에 우두커니 서 있는 해오라기의 눈에도
나를 경계하던 길고양이의 눈에도
내가 알지 못하는 내가 들어 있다

나는 모든 존재 앞에 낯선 타자

나는 세상에서 가장 고독한 한 사람

내 안의 내가 나인가

네 안의 내가 나인가

마음을 비추는 거울(2)

사물을 바라볼 때마다

내 마음속 비밀을 들킨 것 같아

나는 두렵다

길거리에서 마주친 순박한 비둘기의 눈망울

슬픔이 그렁그렁 맺힌 말의 동공이

내 마음을 들여다보는 것 같다

순진무구한 어린아이의 눈동자에

내 마음의 어두운 그림자가

드러날 것만 같다

무심히 흘러가는 강물도

어느 날 우연히 바라본 동백도

내 마음을 훤히 비쳐 보는 것 같다

영혼의 깊은 곳까지 들여다보는 눈

세상의 모든 것들이 눈이 되어

내 마음 어두운 구석을

샅샅이 꿰뚫어 보는 것 같다

비밀 궁전

풀에는 신비로운 궁전이 있다

가벼운 바람에도 쉽게 흔들리는 풀
풀마다 아무도 모르는 비밀 궁전이 있다

내게 가장 가까이 있는 아내의 비밀을
다 들여다볼 수 없듯

초록빛 풀에도 사람들이 알지 못하는
비밀의 방이 있다

햇빛이 전하는 말과
지나가는 바람의 노래를 듣는 풀에는
비밀스런 향주머니가 들어 있다

봄 햇살 받아 번지는 연두의 세상

풀에 매달린 수천 개의 작은 꽃등

풀마다 사람들이 알 수 없는

비밀 궁전이 있다

도시의 낙타

바람이 쌓아 올린 모래언덕 너머로
사람들을 유혹하는 신기루가 피어오른다

별빛이 사라진 지 오래인 도시에는
무거운 짐을 짊어진 낙타와
나침반 없이 사막을 건너는 대상들이 산다

하늘의 별빛을 밀어낸 도시에
피어나는 휘황찬란한 네온의 불꽃들
휘몰아치는 모래바람 대신
칼칼한 매연을 쏟아 놓는 자동차들

하루의 끝에서 몰려오는 불안은
독한 한 잔 술로 털어 내고
사그라드는 희망을 다시 일으켜 세운다

사막 너머에 솟아나는 신기루

그곳에라도 꿈을 두지 않는다면

우리는 사막 가운데 지쳐 쓰러지고 말 것이다

하늘에 보이지 않는 별자리를 찾듯

지도에도 없는 오아시스를 찾아

모래언덕을 오르면 오를수록

허물어지는 모래 능선

그래도 도시는 사람들을 키워 내고

사람들은 절망 속에서도 신기루 같은

희망을 일으켜 세운다

바람이 전해 준 말

숲속에 앉아 솔바람 소리를 들었습니다

꼬리를 감추고 사라지는
바람이 가는 곳은 어디일까요

슬픔을 다 풀어 내지 못한 사람들은
밤새 잠 못 든 채
서러운 마음을 바람 속에 풀어놓겠지요

바람결에는 사람들의 서글픈
사연들이 드문드문 박혀 있습니다

서러움은 사람들이 떠난 뒤에도
서러움으로 남아서
바람과 함께 이곳저곳 떠돌아다니겠지요

나는 숲속에 앉아 바람이 전해 주는

사연들을 읽고 있습니다

임신한 숫고양이

저녁 무렵 중년 여성들과 함께
용봉동 남원 곰탕집에 들어갔다

허름한 식당에는 통통하게 살 오른 고양이가
영역을 순찰하듯 어슬렁거리고 있었다

일행 중 누군가 고양이가 새끼를 밴 것 같다고
하자
옆의 친구가 그런 것 같애
새끼 두 마리는 든 것 같은데 하며 동조했다

아니야, 저렇게 몸집이 부푼 걸 보면
한 다섯 마리는 들어 있는 것 같아
다른 친구가 고양이 뱃속을 들여다본 것처럼
말했다

그런데 이런 닫힌 곳에서 새끼는 어떻게 뱄을까
누군가 혼잣말을 했지만
그 말에는 아무도 대꾸하지 않았다

사랑은 어떤 장애물도
장애가 되지 않는다는 사실을
누군들 모를 리 없을 터이다

식사를 마치고 나오며
카운터에 앉아 있는 주인 남자에게 물었다

언제 출산해요?
저 고양이요?
숫놈이요

길 위에서

하루가 쌓여서 역사를 이루듯
순간의 삶이 나를 만들었다

모든 존재는
순간을 인내하며 삶을 살아간다

허공을 날아가는 새와 나비와
벌판에 서 있는 한 그루 나무도
고통을 인내하며 오늘을 산다

고통의 순간을 거쳐 온 생명에는
순수와 진실이 있다

인생은 길을 가는 나그네
나그네는 길의 끝에서

누군가를 만날 것이다

인생의 마지막 길에서

만나게 될 한 사람

진실한 삶이 당신을 맞이할 것이다

손

손에는 아득히 스쳐 온 세월
일생의 흔적이 새겨져 있다

거친 세상을 헤쳐 온
쓰라린 노동의 흔적이 기록되어 있다

손은 백 마디 말보다 더 진실하다
손은 말보다 먼저 위로를 전한다

상처 난 사람의 등을 다독이는 다정한 손
증오와 원한을 품은 사람들이
부여잡는 화해의 손

손에 기록된 수많은 사연들
손의 노작의 고통 없이

문명의 꽃은 결코 피어나지 않는다

세월의 흔적이 낱낱이 기록된 손을 보면
말없이 다가와 말을 건네는 쓰라린 기억들

손은 고통을 말하지 않는다
다만 고통의 흔적을 보여 줄 뿐이다

당신의 춤을 추어라

태초의 언어는 몸짓에서 탄생했다

슬픔과 우울이 깃들지 않은

거짓과 인위의 겉치레가 없는

언어는 몸짓으로 말했다

오늘의 무대 위에서 춤을 추는 사람들

마음의 상처를 어루만지는 춤사위

삶은 춤이 되고 노래가 되었다

이제 당신만의 춤을 추어라

우주는 눈부신 광휘로 넘쳐나고

아름다운 음악으로 가득하다

당신은 우주의 중심

비관과 낙담을 버리고

스스로 만든 감옥에서 벗어나

햇빛 찬란한 대지 위에서

당신의 춤을 추어라

춤은 맨몸으로 써 가는 글

춤은 화려한 문장보다 눈부시다

자연의 무대 위에서 춤을 추는 사람들

세상은 당신의 경건한 춤으로

더 아름다워질 것이다

별이 사라졌다

오늘 새벽하늘에 별이 사라졌다
지상에서 살아온 일생의 기억을 품은
하나의 별이 사라졌다

탄생이 신비롭듯
죽음 또한 신비로운 일이다

별 하나의 탄생과 소멸의 시간
별이 사라진 자리에 내려앉는 공허

존재가 짊어진 무게
지상에 내려놓고
그는 하늘의 별이 되었다

세상의 어느 외진 곳에서 부르던

쓸쓸한 노래는 어디로 사라지지

때로 기쁨이 되고 때로 서러움이던
기억들은 떠도는 바람 따라
어디로 떠나가지

죽은 것들도 말을 한다

사막은 누가 깨울 수 없는 침묵에 잠겼다

모래 알갱이들이 바람에 몸을 뒤척일 뿐
소리까지 삼킨 적막한 사막

사막 가운데 미라처럼 말라 가는 고사목
어디선가 바람 한 줄기 불어와
죽은 나무의 등뼈를 어루만진다

길을 묻는 사람 하나 없는 사막
스스로 이정표가 된 앙상한 나무 한 그루

아침 태양이 솟아오르면
무료하게 서 있던 나무는 제 몸에서
쓸쓸한 그림자를 꺼내 보인다

바람의 손으로 탄주하는 사막의 노래

죽어 있는 것들이 귀를 열어 듣고 있다

나무에 기대어서

모든 아침은 고요를 데리고 온다

성자처럼 말이 없는 나무

나무들이 내리는 눈을 맞고 있다

나무가 밀려오는 권태를 털어 내려

가느다란 팔을 가볍게 흔든다

나무가 들려주는 말을 들으려

두 팔로 나무의 몸통을 껴안았다

세월의 중량이 몸속으로 흘러들었다

나무처럼 갖은 풍상을 인내한 뒤에야

우리는 나무가 전해 주는 지혜의 말을 듣게 되리라

4부

•

별을 품는 여자

여자는 하나의 별을 품고

별이 탄생하는 숭고한 시간을 기다린다

태초

태고의 침묵

빛의 혼돈 속에 맥동하는 시간

시간과 공간이 얽힌 공허의 심연

흑암 속 깊이 꿈틀거리는

하나의 점

시공간이 하나 된

태초의 점은 살아서

우주가 되었다

나비의 잠 속에 내리는 별빛

발자국 소리도 없이 어둠은 온다

어둠이 모든 사물을 가슴에 품으면
세상은 어둠의 왕국이 된다

어둠에 갇혀 하나하나 호명할 수 없는 사물들
어둠 속 사물들의 불안한 잠

작은 꽃봉오리를 붙든 채 잠든
나비의 흔들리는 잠 속에 내리는 별빛

은하에 떠 있는 별들의 잠은 얼마나 깊을까

투명한 슬픔

투명한 하늘의 깊이와

기약 없이 사라지는 것들을 노래했다

우주는 내가 헤아리는 것보다

깊고 아득하고 쓸쓸하다

숲이 쏟아 놓은 바람의 말과

나무에게 들려주는 새들의 노래

강물의 울음을 헤아리려 들었다

먼 길 달려와 쏟아 놓는 파도의 말

수평선을 밀어내는 파도의 몸짓

바다에 투신하는 달빛과

숲을 흔들어 놓고 달아나는 바람에도

내 마음은 흔들렸다

시시로 일어나는
내 마음속 투명한 슬픔은
무엇으로 위로할 수 있을까

어둠 그 깊고 깊은

어둠은 어디로 사라지지
거리를 배회하는 안개처럼

깊이를 알 수 없는 슬픔
그 울음은 어디에 토해 놓지

가슴에 품었던 사물들을 아침에게 돌려주고
얼굴을 보이지 않은 채 어디로 사라지지

어둠은 음습한 비밀 공간에서
무슨 음모를 꾸미는지
뿌리 없이 떠도는 소문

뿌리가 없는 것들은 다 교활하지
가벼운 날개를 펄럭이며

시작도 끝도 없이

안개처럼 떠돌다 사라지지

내 안에 사는 별

내 안에는 별들이 산다

새와 물고기와 곤충
돌멩이와 나무와 하늘과 별

세상 아득히 존재하는 것들
나는 밤마다 별의 이름을 호명한다

별 하나에 새겨진 기쁨
별 하나에 새겨진 한숨
별 하나에 새겨진 그리움

마음의 하늘에 돋아난 별들이
조근조근 들려주는 이야기

한때 내가 사랑했던 사람도

내가 미워했던 사람도

내 마음의 하늘에 떠 있는 별

그 별들이 내 안에서 산다

별을 품는 여자

여자는 별을 품는다
우주의 깊은 곳에서 별이 탄생하듯
여자는 몸속에 별을 품는다

수명을 다한 별들이
허공에 뿌려 놓은 원소들

모든 사물에는 별의
거룩한 죽음의 흔적이 들어 있다

태고의 비밀을 간직한 별
여자는 하나의 별을 품고
별이 탄생하는 숭고한 시간을 기다린다

여자가 별과 나누는 첫 대화

너는 어느 별에서 왔니?

모든 생명은

우주를 떠도는 하나의 별

여자는 별을 품고

별이 탄생하는 숭고한 시간을 기다린다

너는 별의 이름으로 왔다(1)

한 사람의 이름을 부르는 일은

하늘에 숨은 별의 이름을 부르는 일

잠들지 못하는 이의 마음에 내려오는 별 하나

네가 지어 보이는 미소는

별이 보내는 미소

한 사람을 사랑하는 일은

별 하나 가슴에 품는 일

너는 별의 이름으로 왔다(2)

칠흑 같은 깊은 밤

하늘에 숨은 별을 찾는 것은

아득한 태초를 그리워하는 일이다

별 하나 찾는 일은

사랑하는 사람을 그리워하는 일

별 하나를 가슴에 품는 일이다

수많은 별 가운데

하나의 별이 내게로 왔다

네가 보내는 미소에는

별의 따뜻한 미소가 있다

내가 너를 바라볼 때

네가 나를 바라볼 때

우리는 별의 이름으로 다시 태어난다

일곱 빛깔 언어의 꿈(12)

달아나려는 말을 묶어 두는 고삐

문자의 울타리는 견고하다

갇힌 말은 아무리 요동을 쳐도

결박을 벗어날 수 없다

문자에 갇힌 말의 몸부림

우리를 박차고 달아나려는

말의 자유로운 영혼이여

일곱 빛깔 언어의 꿈(13)

사람들에게 지식과 지혜를 전하던
언어가 빛을 잃고 있다

바람처럼 자유롭고 바다처럼 깊은
언어가 빛을 잃을 때
세상은 혼돈 속에 빠져든다

언어가 의미를 잃을 때
말은 바다에 부유하는 쓰레기가 되고
세상은 온갖 소란스러움으로 넘쳐난다

언어가 사라지면 역사의 비밀은
긴 침묵 속에 갇히고
언어가 사라진 곳에 드러나는 공허

사람들의 분노가 들끓고
거짓이 진실처럼 통하는 세상
사람들에게서 언어가 떠나가고 있다

그대는 마른 언어의 뿌리를 보았는가
말은 거짓과 술수로 넘쳐나고
진실을 전할 수 없는 말의 절망

사랑과 정감이 깃든 언어가 사라진 세상
정의는 침묵 가운데 묻히고
지식과 지혜가 떠난 언어의 고통

어떤 진실도 담아내지 못하는 언어
사람들은 협소한 언어의 그릇에
거짓과 위선으로 채웠다

증오와 시기가 넘쳐나는 언어 속에서

사람들은 길을 잃었다

일곱 빛깔 언어의 꿈(14)

낱말 하나에 하나의 의미를 담은
단어에는 하나의 우주가 들어 있다

조상들의 정신이 살아 있는 낱말
모국어는 조상들의 입에서 입으로
끊이지 않는 강물처럼 흘러내렸다

언어의 그릇에는
이성의 눈부신 광채가 살아 있다

원초적 정신이 살아 있는 낱말에
허탄한 생각과 오욕의 찌꺼기를 담지 말라

언어의 신전에
진리와 사랑의 빛이 거하게 하고
당신의 말에 진실이 넘쳐나게 하라

일곱 빛깔 언어의 꿈(15)

모든 존재에게 신의 비밀이 들어 있듯

낱말 하나하나는

진리의 정신이 거하는 성소

눈부신 진실의 광채가 살아 있다

긴 역사의 물줄기를 타고

사람들의 지혜로 다듬어진 언어

그곳에 당신의 우울과 절망을 담지 말라

낱말은 다시 빈 그릇으로 남아

후손들에게 이어지게 하라

지혜로 다듬어진 정결한 언어에

정감이 넘치는 마음을 담아

사랑하는 이웃에게 선물하라

당신의 언어의 신전에

경건과 사랑이 깃들게 하라

일곱 빛깔 언어의 꿈(16)

어느 한 사람이 걸어간 길 위에
다른 사람의 발자국이 놓여 길이 되듯

어느 한 사람이 건넨 말이
사람들에게 전해져
언어의 길이 열렸다

그렇게 말의 길은 이어져
지혜와 진실을 담았다

오늘 내가 당신에게 건넨 말에
사랑과 진실이 넘쳐나기를

사람들의 입에서 떠난 말이
먼 길 달려가 향기를 전하는 천리향
향기로운 꽃으로 피어나기를

5부

●

시간의 무게

지난날 가볍게 보냈던 시간들

무심히 보낸 세월이 무겁게 짓누른다

첫눈

첫눈이 온다
첫눈은 첫사랑의 추억을 데리고 온다

첫이라는 단어에 들어 있는
그리움과 설렘

누군들 첫눈에
가슴 뛰지 않은 사람 있으랴

누군들 첫사랑에
가슴 설레지 않은 사람 있으랴

하늘하늘 내리는 첫사랑
첫눈은 첫사랑의 추억을 데리고 온다

살아 있음의 기적

지금 내가 존재한다는 사실
그것은 얼마나 놀라운 기적인가

허공을 부유하는 작은 먼지에도
태고의 시간 우주의 숨결은 이어져
오늘 속에서 맥동한다

길가의 돌과 풀 한 포기도
숲속을 배회하는 동고비와 곤줄박이도
기적처럼 오늘을 살아가고 있다

모든 생명에는 신의 전언이 있고
그 안에는 신의 사랑이 약동한다

찬란한 시간의 기폭을 잡고
세상을 떠받드는 존재들

어느 누가 존재가 지닌 의미와
숭고한 가치를 부정할 수 있을까

잃어버린 전설

인간의 문법이 사라진
세상으로 들어가고 싶다

과거를 기억하지 못하는 새들이
천상의 노래를 부르면

먼 길 달려온 햇살이
새들의 노래에 금빛 색칠을 하고

은빛 시간의 실타래를 풀며
냇물은 흘러갈 것이다

어디에선가 달려온 한 줄기 바람이
기억의 머리칼을 빗어 올리고

적요한 시간에 귀 기울이면

우리가 잊었던 태고의 전설이

문득 파문처럼 떠오를 것이다

달맞이꽃

초저녁 달빛 받아 피어나는 꽃
달맞이꽃에 다가가 향기를 맡는다

사랑하면 서로를 닮아 간다는데
달을 그리워하던 달맞이꽃이
노란 달빛으로 물들었다

달맞이꽃에서 번지는 비릿한 달 내음

당신은 누군가를 그리워해 본 적이 있는가
당신은 누군가를 사랑해 본 적이 있는가

사랑하는 이의 향기가 온몸에 스며들기까지
당신은 누군가를 진정 사랑해 보았는가

유년의 방

방문 창호지 틈새로 스며든 햇살에
작은 먼지들이 부유한다

햇살의 바다에서
유영하는 먼지들의 유희

수많은 먼지 알갱이들이
허공에 솟구쳤다 하강하며
무료한 놀이를 한다

빛과 먼지들이 펼치는 평화로운 군무
만화경처럼 펼쳐지는 적요한 놀이

나는 빈방에서
한나절 햇살과 함께 놀았다

비밀의 방

손바닥에 씨앗을 올려놓고 굴려 본다

깊은 잠을 자는 씨앗 속
비밀의 방에는
희망과 불안이 있다

비밀의 방에는
지나간 시간의 아득한 기억들

고통과 인내를 거쳐 온 지혜가
지워지지 않은 글씨로 새겨져 있다

오늘

어디서 와서 어디로 가는지 모른다

오늘이 떠나가고
또 다른 오늘이 약속처럼 찾아왔다

시간의 의미를 다 헤아리지 못한 채
나는 오늘 속에 발을 들여놓았다

돌아다보니
오늘 속에 수많은 날들이 쌓여 있구나

자연에 거주하는 이웃들
모든 생명의 힘으로 문을 연 오늘

수많은 생명들이 오늘 속에서 태어나고

오늘 속에서 사라져 간다

그 아득한 기억의 소멸
우주 가운데 한 점 고독한 춤이여

명령

세상에 빛이 있으라 하시니 빛이 있었다*

신의 명령은 빛이 되고

빛은 생명을 낳았다

태초의 말은 언어 이전의 언어

말은 생명을 품은 로고스

그리하여 명령은 존재 하나하나를

우주의 광활한 무대로 불러냈다

* 창세기 1장 3절

노래

나는 노래한다
사라지는 것들의 슬픔에 대해서

긴 여행길에 나선 방랑자
빗방울의 외로움에 대해서

아직 가 보지 않은 길을 가는
어린 새의 두려움과

하루 종일 벌판에 서 있는
나무들의 무료함에 대해서

정처 없이 흐르는
강물의 노래와

길을 잃고 사막을 떠도는

사막딱새의 외로움에 대해서

비밀의 문

모든 사물은 살아 있는 글
세상은 자연이 써 놓은 비밀로 가득하다

은하의 별에서 박테리아에 이르기까지
자연이 써 놓은 비밀스러운 문장

자연은 오늘도 글을 썼다 지우기를 반복한다
자연에는 우리가 읽어야 할 글이 얼마나 많은가

그곳에는 우리가 잊지 말아야 할 약속과
우리가 아직 찾지 못한 성소로 들어가는
비밀의 문이 있을 것이다

세상을 떠받드는 것들

햇살 쏟아지는 봄날 아침

연두의 숲이 노래하고

풀꽃이 당신에게 미소를 지을 때

오늘이 축복이라고 생각해 보았는가

불안한 밤을 보낸 새들의 노래와

허공을 날아오르는 나비들의 춤에서

비바람을 견딘 고통의 시간을 생각해 보았는가

세상을 떠받드는 저 미미한 존재들

미물들도 사람들과 같은 시간을 인내하며

하루를 보낸다는 사실

쓰라린 순간을 인내한 존재들이

눈부신 오늘을 열어 간다는 사실을

생각해 보았는가

설원에서 - 김영미*

나는 남극점을 향해 걸어가고 있다

순백의 종잇장 위에 발자국 남기며
나의 최종 목적지는 지구의 끝
또는 지구의 중심

생명의 숨소리 하나 들리지 않는
광활한 캔버스에 발자국 남기며
내면의 고독 속으로 걸어 들어간다

하얀 지평선 위로 떠오르는 초승달
백야의 밤 속에 내려앉는 무거운 침묵

나를 위로하는 친구는
휘몰아치는 바람과 심장의 박동

그리고 쓸쓸한 발자국 소리뿐

우주 가운데 하나의 작은 점

나는 세상에 단독자로 서 있다

결빙의 냉혹한 정신이 지배하는 설원

그곳에서 나는 가장 고독한

한 사람을 만났다

*2022년 한국, 아시아 여성 최초로 무지원 남극점에
  도착한 산악인.

민달팽이

오랜 궁리 끝에
집 한 채 지을 생각을 버렸다

집 없는 서러움 이겨 내고
맨몸으로 세상과 맞섰다

자웅동체의 몸은
사랑까지도 구걸하지 않겠다는
결연한 최후의 결정

오늘도 벌거벗은 몸으로
하룻길을 나선다

화살

당신은 하나의 세계
하나의 우주를 품었다

당신 안에는
태초의 시간이 함께하고 있다

절망하지 말라
어떤 포악한 말에도 상처 입지 말라

당신은 누구도 무시할 수 없는
신비와 경이로 넘쳐나는 생명

당신은 우주를 향해 날아가는
하나의 화살이다

병든 세상

철인은 떠나가고
그의 정신만 살아서 말을 한다

시대를 직시하는 선각자는 떠나가고
속인들만 남아 세상을 떠들썩하게 한다

병든 세상인데도
병들었다고 말하는 사람이 없다

병은 어디에서 오는가

진리를 떠난 우상숭배에서 오는가
권력욕에서 오는가
아집과 교만에서 오는가

물질을 자기 앞으로

모으기만 하는 자도 병든 자이다

병든 자를 치료할 처방전은

어디에 없는가

시간의 무게

빛깔도 형상도 없던 것이
어느 날 무거운 중량으로 드러났다

시간 위에 시간이 쌓이자
깃털보다 더 가볍던 것이
무거운 중량으로 다가왔다

지난날 가볍게 보냈던 시간들
무심히 보낸 세월이 무겁게 짓누른다

내려놓을 곳 없는 세월의 무게
가벼운 것들이 쌓이고 쌓여
세월의 중량으로 다가왔다